빨강 머리 앤의 말,
캘리그라피로 쓰다

빨강 머리 앤의 말,

캘리그라피로 쓰다

빨강 머리 앤 원작 | 방은조, 박민욱, 조은, 김선숙 지음

더모던
Themodern

루시 모드 몽고메리의 《빨강 머리 앤》은 빨강 머리에 주근깨투성이인 고아 소녀 '앤 셜리'의 가슴 뭉클한 성장기를 유쾌하게 그려낸 장편소설입니다. 앤은 고아라고 해서 괜히 주눅 드는 법이 없습니다. 억울한 말을 들으면 그런 말을 들을 이유가 없다고 당당하게 항변하고, 예쁜 옷을 입은 친구들 사이에서도 자신만의 개성과 상상력으로 반짝입니다. 앤의 시선을 거치면 일상적인 풍경도 특별해지고, 나쁜 일도 그리 나쁘기만 한 것은 아닌 듯 느껴집니다.

어제가 오늘 같고 내일도 별다르지 않은 마릴라와 매슈 남매의 무채색 일상에, 앤은 엉뚱한 상상력과 긍정 에너지로 다정한 온기를 더하고 다채로운 색깔을 입힙니다. 앤은 오늘은 불행해도 내일은 행복할 수 있다고 믿습니다. 그런 앤의 마법은 커스버트 남매뿐만 아니라 우리에게도 똑같이 펼쳐집니다.

수많은 팔로워를 거느린 방은조(은조캘리), 박민욱(필림), 조은(오키캘리), 김선숙(그린나래) 캘리그라퍼도 앤이 전하는 행복 덕분에 위로와 용기와 희망을 얻었습니다. 그래서 《빨강 머리 앤》 중에서 각자 좋아하는 문장들을 캘리그라피로 표현하여 더 많은 독자와 공유하고 싶어졌습니다. 《빨강 머리 앤의 말, 캘리그라피로 쓰다》는 그렇게 네 명의 캘리그라퍼가 한마음으로 뭉친 프로젝트를 통해 탄생한 결과물입니다.

이 책에는 네 캘리그라퍼의 마음을 강하게 두드린 '앤의 말' 41가지, 그리고 각 캘리그라퍼가 자신만의 도구와 개성과 감성으로 그 문장들을 재해석한 캘리그라피 작품 41점이 담겨 있습니다. 캘리그라피 작품 바로 옆 페이지는 비워두었습니다. 이 페이지는 오롯이 독자 여러분을 위한 공간입니다. 캘리그라퍼를 따라 써도 좋고, 독자 여러분의 감성대로 써도 좋습니다. 독자 여러분만의 캘리그라피를 더하여 이 책을 완성해주세요.

캘리그라피Calligraphy는 그리스어 'kallos(아름다움)'와 'grafi(쓰다)'에서 유래한 말로, 축어적 의미로는 '아름다운 서체'를 가리킵니다. 펜이나 붓 같은 필기구, 먹이나 물감을 비롯한 잉크, 필기용 종이, 필압, 필기 속도 등 글씨에 영향을 미치는 다양한 재료의 속성을 파악하고, 문자의 형태와 비율과 조화를 이해하여 자신의 생각과 감성을 아름다운 글씨로 담아내는 예술인 것이지요.

사실 캘리그라피는 문자의 탄생과 함께 시작했다고 해도 과언이 아닙니다. 인쇄술이 발달하기 이전, 동서양에서는 지식도, 소식도 모두 사람이 직접 손으로 써서 전달했습니다. 서양 필경사들의 아름다운 서체나 동양 명필들의 서예와 시화도 캘리그라피라 할 수 있겠지요. 그들은 기록이라는 단순한 목적을 넘어서서 손글씨를 예술로 승화시켰습니다. 특히 동양에서는 '신언서판身言書判'이라 하여 사람을 평가

할 때 '글씨'도 중요하게 여겼습니다. 쓰는 이의 정신이 글씨에 거울처럼 담긴다고 믿었기 때문이지요.

대량 인쇄가 가능해지면서 필사본은 진작 사라지고, 타이프라이터를 거쳐 이젠 컴퓨터와 스마트폰까지 보급되면서 손글씨를 쓸 일이 점점 줄어들고 있습니다. 아이에게 손글씨 연습을 시키는 풍경도 찾아보기 어렵습니다. 그러나 디지털 활자가 넘치는 시대에도 손글씨 특유의 아름다운 비정형적 표현력과 아날로그 감성은 여전히 매혹적입니다.

개성적인 손글씨는 일상의 곳곳에서 사람들의 눈길을 사로잡습니다. 영화나 드라마 제목, 상품이나 브랜드 이름, 가게 간판 등에 표현된 전문 캘리그라퍼들의 감각적인 캘리그라피를 보면 감탄이 절로 나옵니다. 그뿐인가요, SNS에서는 자신이 좋아하는 문장들을 손글씨로 공유합니다. 그 모든 것을 광의의 캘리그라피로 아우를 수 있을 것입니다.

하지만 캘리그라피의 핵심은 쓰려는 글자나 문장 이면의 의미와 희로애락까지 손글씨에 더하는 것입니다. 이 책을 펼쳐 들었다면 여러분도 앤을 좋아한다는 것이 겠지요? 앤의 말이 여러분의 마음에 어떻게 가닿았을지 궁금합니다. 여러분만의 캘리그라피로 재탄생할 앤의 말을 기대합니다.

방은조(은소캘리) 캘리그라퍼

Q. 처음 캘리그라피에 관심을 가지게 된 계기는?

어릴 적 너무 악필이어서 글씨 교정을 위해 예쁜 글씨를 따라 쓰고 좋은 글귀를 찾아 쓰면서 연습했습니다. 우연히 캘리그라피라는 분야를 알게 되어 제대로 공부하기 시작하면서 디자인적으로도 활용하기에 이르렀습니다.

Q. 주로 애용하는 캘리그라피 도구들은?

간단하게 사용할 수 있는 붓펜이나 펜을 애용하고요. 요즘에는 아이패드를 활용하는 디지털 캘리그라피도 혼용합니다.

Q. 자신만의 캘리그라피 노하우는?

좋은 글귀가 있다면 꼭 본인의 글씨로 써보기도 하고, 평소에 좋아하는 작가의 글씨체가 있다면 따라 써보는 것이 가장 좋은 방법입니다. 그렇게 본인의 글씨체와 좋아하는 글씨체가 적절히 섞이면 자연스럽게 나만의 글씨를 쓸 수 있어요.

박민욱(필림) 캘리그라퍼

Q. 처음 캘리그라피에 관심을 가지게 된 계기는?

사회생활을 하다 보면 매일 반복되는 일상에 변화가 절실해지는 순간이 있어요. 남들처럼 '취미'라는 것을 가져보고 싶었습니다. 금방 포기하지 않을 취미를 찾던 중 '글씨 정도는 나도 한번 도전해볼 수 있지 않을까?'라는 생각으로 당시에 막 알려지기 시작한 캘리그라피를 선택했어요. 크리스마스에 주변 사람들에게 멋진 글씨로 카드를 써주고 싶었거든요. 그렇게 글씨의 매력에 빠져들다 보니 지금은 다양한 글씨 콘텐츠를 제작하고, 온오프라인 클래스를 통해 수천 명의 수강생에게 멋진 취미를 전하게 됐습니다. 글씨는 생각보다 더 많은 곳에 사용되고, 우리는 평생 글씨를 쓰며 살아가야 하잖아요. 달라진 글씨가 우리 일상에 얼마나 많은 변화를 가져다주는지 많은 분에게 계속 알리고 싶습니다.

Q. 주로 애용하는 캘리그라피 도구들은?

금속 펜촉에 잉크를 찍어 글씨를 쓰는 '딥펜(dip pen)'을 가장 애용합니다. 빈티지한 외관, 특유의 사각사각한 소리와 필기감은 감성을 한껏 끌어올려줍니다. 필압에 따라 달라지는 글씨의 두께로 일반 펜과 다른 개성을 표현할 수도 있죠. 굉장히 매력적인 도구이지만, 국내에서는 그 사용 방법을 체계적으로 배울 수 있는 곳이 많지 않았습니다. 많은 시행착오를 겪으면서 한글에 적합한 사용법과 필체를 연구했고, 지금은 딥펜의 매력을 많은 분에게 전하려고 노력하는 중입니다!

Q. 자신만의 캘리그라피 노하우는?

많은 캘리그라퍼가 '예술성'과 '가독성'이라는 갈림길에서 고민합니다. 더 개성 있게, 더 특별하고 자유분방하게 표현한 글씨는 기존의 틀을 깨고 충분히 예술의 영역으로 발전할 수 있지만, 그만큼 읽기는 어려워집니다. 어쨌든 글씨의 가장 중요한 역할은 '정보의 전달'이기 때문에 저는 '가독성'을 선택했습니다. 제가 쓴 글씨를 사람들이 보고서 한참이나 인상을 찌푸리며 해독하는 것을 원하지는 않기 때문입니다. 개성은 포인트로 반영하되 문장 전체를 해치지 않도록 꼭 필요한 부분에만 넣어 가독성을 높이는 것이 제 노하우입니다. 화려한 작품들과는 거리가 멀어지더라도 더 친숙하고, 계속 보고 싶은 글씨를 만들어가는 즐거움이 있으니까요.

조은(오키캘리) 캘리그라퍼

Q. 처음 캘리그라피에 관심을 가지게 된 계기는?

인스타그램을 구경하던 중 예쁘게 쓴 글씨를 보고, '아! 이게 캘리그라피구나! 나도 한번 저렇게 너무너무 써보고 싶다!'는 생각이 들었습니다. 마침 제가 거주하던 근처에 작은 캘리그라피 모임이 있어서 가입했습니다. 그렇게 캘리그라피를 처음 시작하게 됐고, 여러 사람과 재미있게 캘리그라피를 즐기며 공부하다 보니 지금에 이르렀습니다.

Q. 주로 애용하는 캘리그라피 도구들은?

주로 제노펜, 딥펜, 아이패드를 애용해요. 그중에 딥펜을 제일 좋아합니다. 펜대 끝에 펜촉을 끼워 잉크에 찍어서(dip) 쓴다 해서 딥펜이라고 불러요. 처음 캘리그라피를 알게 해준 작품도 딥펜으로 작업한 작품이었고, 각 도구마다 매력이 있지만 캘리그라피는 딥펜이 제일 매혹적이고 재미있는 것 같아요. 그리고 제노펜도 좋아요. 팬시점이나 문방구 같은 오프라인에서도 쉽게 구할 수 있고, 힘으로 필압 조절을 하는 것이 아니라 다루기도 편할뿐더러 글씨도 너무 예쁘게 잘 나와요.

Q. 자신만의 캘리그라피 노하우는?

캘리그라피는 실력을 늘리고 싶은 마음에 마지못해 하는 것보다, 짧게 잠깐만이더라도 재미있게 하는 마음가짐이 제일 중요한 것 같아요! 나만의 취미가 되면 자연스레 연습하는 시간도 많아지고 꾸준히 시도하게 되어 나도 모르는 사이에 실력이 향상했다는 걸 어느 날 문득 알게 될 거예요. 답답하고 울적할 때 이만큼 건전하고 신나는 취미는 캘리그라피만 한 게 없다고 생각합니다. 한 가지 도구에 질릴 시기가 온다면 그럴 때마다 다른 도구로 캘리그라피를 해보는 것도 좋은 방법인 것 같아요! 처음 캘리그라피를 시작할 때 그 설렘을 다시 느낄 수 있어요. 다룰 줄 아는 도구가 많아질수록, 각 도구마다 롤모델이 되어주는 캘리그라퍼를 정하고 그분들의 작품을 혼자 따라 써보며 연습하면 많은 도움이 될 거예요.

김선숙(그린나래) 캘리그라퍼

Q. 처음 캘리그라피에 관심을 가지게 된 계기는?

북 디자이너로 활동하면서 책 표지의 타이틀을 인쇄체 말고 조금 다르게 표현할 수 있는 방법이 없을까 늘 고민했습니다. 그러던 중에 캘리그라피를 처음 만나게 됐습니다.

Q. 주로 애용하는 캘리그라피 도구들은?

도구는 그다지 가리지 않는 편입니다. 글의 느낌에 따라 붓, 붓펜, 아이패드, 그냥 일반 펜으로도 씁니다. 가장 좋아하면서 어려운 도구는 붓입니다. 그리고 나무젓가락도 캘리그라피 도구로 아주 좋아합니다. 다양한 도구로 시험해보세요!

Q. 자신만의 캘리그라피 노하우는?

캘리그라피의 어느 특정 부분만 보는 것이 아니라 전체적인 느낌으로 이해하려고 노력합니다. 내가 써서 전달하고자 하는 내용과 그 이면의 의미가 무엇인지 먼저 생각한 후 캘리그라피를 쓰려고 하죠. 그래서 책도 읽고, 현재 유행하는 노래와 옛 노래도 많이 들으려 해요. 드라마나 영화를 보면서 공감하고, 계절에 민감하게 자연을 느끼며 그 시대, 순간순간의 감정에 몰두할 수 있도록 합니다.

초록 지붕 집, 빨강 머리 소녀

매력 있는 손글씨를 쓰는 은조캘리 님의 캘리그라피입니다.
앤이 글씨를 쓴다면 이런 느낌이지 않을까요?

영원한 친구 앤

한때는 전설적인 악필이었으나
이제는 감성적인 손글씨로 유명한 필림 님의 캘리그라피입니다.
딥펜의 매력에 빠져 직접 쓰는 즐거움을 느껴보세요.

마음과 소망들을 손글씨로 표현하는 오키캘리 님의 캘리그라피입니다.
앤의 마음과 소망들이 글씨에서 느껴지지 않나요?

평범한 일상 속 이야기를 캘리그라피로 소통하는 법을 가르치는
그린나래 님의 캘리그라피입니다.
서체는 바뀌어도 발랄하고 경쾌한 그린나래 님의 캘리그라피는
마치 앤의 모습과 닮아보입니다.

Part 1

초록 지붕 집,
빨강 머리 소녀

상상이 현실이 되면
정말 기쁘잖아요. 그렇죠?

이곳처럼 꽃이 많은 섬은 처음이에요.
벌써부터 이 섬이 마음에 쏙 들어요.
여기서 살게 돼서 정말 기뻐요.
프린스에드워드 섬은
세상에서 가장 아름다운 섬이라고 들었어요.
이 섬에서 사는 상상을 많이 했는데,
정말 여기서 살게 될 줄은 꿈에도 몰랐어요.

상상이 현실이 되면
정말 기쁘잖아요. 그렇죠?

상상이 현실이 되면
정말 기쁜잖아요
그렇죵?

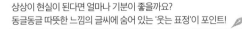

상상이 현실이 된다면 얼마나 기분이 좋을까요?
동글동글 따뜻한 느낌의 글씨에 숨어 있는 '웃는 표정'이 포인트!

A · N · N · E

저건 '배리 연못'이란다.

음, 그 이름도 마음에 들지 않아요.
저는 저 연못을,
그러니까 '반짝이는 호수'라고 부를래요.
그래요. 저 연못에 딱 맞는 이름이에요.

꼭 어울리는 이름이 떠오르면
기분이 짜릿해져요.

뭔가에 기분이 짜릿했던 적 있으세요?

꼭 어울리는
이름이 떠오르면
기분이
짜릿해져요

평범한 것에도 어울리는 이름을 지어 주는 앤은 조금 엉뚱하지만 귀여워요.
앤이 어울리는 이름을 지어 주고 느끼는 짜릿한 기분을 글씨로 표현해 봤어요.

A · N · N · E

하지만 막상 다리 중간쯤 다다랐을 거 같으면
항상 눈을 뜨게 돼요.
다리가 진짜로 접힌다면 그 순간을 보고 싶잖아요.
다리가 접히면 엄청나게 큰 소리가 나겠죠!
전 그런 큰 소리가 좋아요.

세상에 좋아할 게 이렇게 많다니,
정말 신나지 않아요?

다 건넜어요. 이제 돌아볼게요.
잘 자요, '반짝이는 호수'님.
전 늘 제가 사랑하는 것들에게 잘 자라고 인사해요.
사람들한테 하는 것처럼요. 그러면 좋아할 것 같거든요.
저 호수가 제게 웃어 주는 것 같아요.

세상에 좋아할 게
이렇게 많다니,
정말 신나지 않아요?

앤의 일상은 모든 게 신나고 즐거워요.
신나는 기분으로 글씨를 쓰면 글씨도 신나서 춤을 추는 것 같아요.

A · N · N · E

에이, 완전히 다르죠. 훨씬 더 근사해 보이잖아요.

이름을 부를 때마다 마치 종이에 적힌 것처럼
마음속에 그 이름이 보이지 않으세요?

저는 보여요. 그냥 'Ann'은 시시해 보이지만
'e'가 붙은 'Anne'은 훨씬 기품이 있어 보이거든요.
'e'를 발음해서 앤이라고 불러 주시기만 하면
코딜리어라는 이름은 포기하도록 노력해 볼게요.

이름을 부를 때마다
마치 종이에 적힌 것처럼
마음속에 그 이름이
보이지 않으세요?

세련된 이름이 아닐지라도 내 이름을
마음속에 써 본다면 이런 글씨체로 써 보고 싶어요.
뭔가 세련된 이름으로 보일 것 같아요.

아, 나무만 말씀드린 게 아니에요.
물론 나무도 멋져요. 맞아요.

눈이 부실 정도로 멋져요.
나무도 그럴 줄 알고 꽃을 피운 거 같아요.

하지만 제가 말씀드리는 건 여기 있는 전부 다예요.
정원이랑 과수원이랑 개울이랑 숲까지,
저 커다란 세상 전부요.
이런 아침이면 세상이 정말 사랑스럽단 생각 안 드세요?

눈이 부실 정도로
멋져요
나무도 그럴 줄 알고
꽃을 피운 거 같아요

특별하지 않은 평범한 아침도 좋지만
꽃이 피어 있는 나무까지 있다면 훨씬 더 행복한 아침일 것 같아요.
상상만 해도 행복해지는 기분을 따뜻한 글씨로 표현해 봤어요.

이곳을 다시는 보지 못한다고 해도
초록 지붕 집에 개울이 있다는 걸
항상 기억할 거예요.
개울이 없었더라면
'저기 개울이 꼭 있어야 하는데' 하는
아쉬움을 떨치지 못했을 거예요.
오늘 아침은 절망의 구렁텅이에 빠진 기분이 아니에요.
아침엔 절대로 그런 기분이 들지 않아요.

아침이 있다는 건
정말 굉장한 일 아니에요?

아침이 있다는 건
정말
굉장한 일 아니에요?

아침이 있다는 건 당연한 것이라 생각했는데
앤의 이야기를 듣고 보니 당연하게 맞이했던 아침이
굉장한 일이었구나 싶어요.
앤의 멋진 이야기를 글씨로 표현해 봤어요.

오늘 아침은 배가 많이 고파요.
오늘은 어젯밤처럼
바람 소리만 울어대는 황야 같지 않거든요.
화창한 아침이라 정말 기뻐요.
하지만 전 비 내리는 아침도 정말 좋아해요.

아침은 어떤 아침이든
다 신나지 않나요?

아침은 어떤 아침이든
다 신나지 않나요?

앤의 아침은 늘 신이 납니다.
상상할 것이 많은 아침은 늘 좋은가 봅니다.
앤의 신나고 들뜬 아침을 산뜻하게 글씨로 표현했습니다.
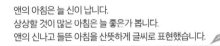

아주머니, 있잖아요.
저는 이 길을 즐겁게 달리기로 마음먹었어요.

경험상 그래야겠다고 마음만 굳게 먹으면
즐겁지 않은 일이 별로 없는 거 같아요.

물론 마음을 정말 단단히 나잡아야 하지만요.
이 길을 달리는 동안에는
고아원으로 돌아간다는 생각은 안 하려고요.
그냥 길만 생각할래요.

경험상 그래야겠다고
마음만 굳게 먹으면
즐겁지 않은 일이
별로 없는 거 같아요

앤은 어리지만 어른보다 더 멋진 마음을 지닌 것 같아요.
마음을 어떻게 먹는가에 따라 많은 게 달리 보이겠죠?
앤의 예쁜 생각을 글씨로 표현해 봤어요.

휴, 희망이 또 하나 사라졌네요.

'내 인생은
희망을 묻는 묘지다.'

예전에 읽었던 책에 나온 말인데,
전 실망스러운 일이 있을 때마다
이 말로 절 위로해요.

내 인생은
희망을 묻는 묘지다—

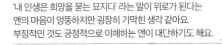

'내 인생은 희망을 묻는 묘지다' 라는 말이 위로가 된다는
앤의 마음이 엉뚱하지만 굉장히 기막힌 생각 같아요.
부정적인 것도 긍정적으로 이해하는 앤이 대단하기도 해요.

A · N · N · E

오늘 밤은 진심으로
'좋은 밤'이라고
말할 수 있어요.

오늘 밤은 진심으로
'좋은 밤'
이라고
말할 수 있어요

앤의 첫 기도는 엉뚱하지만 순수한 기도였어요.
앤의 순수한 마음을 귀여운 느낌의 글씨로 옮겨 봤어요.

Part 2

영원한 친구 앤

진짜 마음이 통하는 친구 있잖아요.
그런 친구를 만나는 게 평생 꿈이었어요.

마음의 친구요. 친한 친구 말이에요.

마음속 깊은 얘기까지 모두 털어놓을 수 있는,
진짜 마음이 통하는 친구 있잖아요.
그런 친구를 만나는 게 평생 꿈이었어요.

정말 그런 친구를 만날 수 있을 거라고
한 번도 생각해 본 적 없지만,
제 가장 소중한 꿈들이 한꺼번에 이루어졌으니
어쩌면 이 꿈도 이루어질 수 있잖아요.
그럴 수 있을까요?

마음속 깊은
얘기까지 모두
털어놓을 수 있는,
진짜 마음이 통하는
친구 있잖아요
그런 친구를
만나는 게
평생 꿈이었어요

글자 수가 많아지면, 너무 두꺼운 도구를 사용할 경우
공간이 비좁아지고 답답한 느낌을 줄 수 있어요!
펜촉에 잉크를 찍어서 사용하는 딥펜의 아날로그 감성과,
부드러운 곡선 글씨의 특징을 반영했습니다.

안녕, '눈의 여왕'님.
골짜기 아래 자작나무들도 안녕.
언덕 위 회색 집도 반가워.
다이애나가 내게 마음의 친구가 되어 줄까?
그러면 좋겠어.
난 그 애를 아주 많이 좋아할 텐데.
하지만 난 절대 케이티 모리스와 비올레타를 잊지 않겠어.
만약 내가 잊어버리면 그 애들이 큰 상처를 받을 테니까.

나는 누구에게도 상처를 주고 싶지 않아.
책장 속 친구든, 메아리 친구든 말이야.

그 애들을 잊지 않고 매일매일 입맞춤을 보낼 기야.

나는
누구에게도
상처를
주고싶지 않아
책장 속 친구든
베아리 친구든
말이야

날렵한 삐침 획을 사용했어요. 필압을 반영하여 살짝 두껍게 출발하고 점점 힘을 빼며 얇아지는 삐침 획은 속도감과 섬세한 필압 조절이 필요하지만, 감각적인 글씨의 매력을 살려 주는 든든한 무기가 되어 줍니다.

제가 그렇게 말하는 거랑
다른 사람이 말하는 거랑은
　　　　하늘과 땅 차이예요.

제가 그렇다는 걸 안다고 해서
다른 사람들까지 그렇게 생각하길 바라는 건 아니거든요.
제 성격이 못됐다고 생각하실 수도 있어요.
하지만 저도 어쩔 수 없었어요.
아주머니가 그런 말씀을 하시는 순간
마음속에서 뭔가가 치밀어 오르면서 숨이 콱 막혔단 말이에요.
아주머니께 화를 낼 수밖에 없었어요.

제가 그렇게
말하는거랑
다른 사람이
말하는 거랑은
하늘과 땅 차이예요

줄과 줄의 시작 위치를 다르게 적용하여 어긋나게
출발하는 것만으로도 구도가 달라집니다!
마지막 줄은 아래에 영향을 받는 글자가 없기 때문에
받침을 충분히 늘어뜨려 포인트를 적용해도 좋아요

A·N·N·E

그럼 영원히 방에서 살아야겠네요.

린드 아주머니께 그렇게 말해서

죄송하다고는 말할 수 없으니까요.

전 미안한 마음이 안 들어요.

마릴라 아주머니를 속상하게 한 건 죄송하지만,

린드 아주머니한테 그렇게 말한 건 잘했다고 생각해요.

속이 후련했거든요.

미안한 마음도 없는데
　　　　미안하다고 할 순 없잖아요?
그건 상상조차 안 되는 일이라고요.

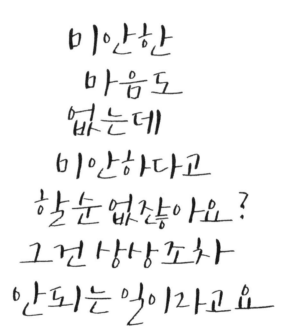

미안한
마음도
없는데
미안하다고
할순 없잖아요?
그건 상상조차
안되는 일이라고요

전체적으로는 가운데 정렬을 사용했지만, 처음 세 줄은 글자 수가
동일하기 때문에 시작 위치를 살짝 어긋나게 배치했어요!
독일한 수의 글자가 같은 위치에 반복되면 딱딱하고 단조로우
느낌이 들 수 있기 때문에 이렇게 약간의 변화를 주는 것도 좋습니다!

A · N · N · E

아, 린드 아주머니. 정말 너무 죄송합니다.

사전에 있는 단어를 다 쓴대도
제 슬픔을 모두 표현할 수 없을 거예요.

아주머니께 정말 못되게 굴고,
제가 남자아이가 아닌데도
초록 지붕 집에 살게 해 주신 친절하신 매슈 아저씨와
마릴라 아주머니를 부끄럽게 만들었어요.

사전에
있는 단어를
다 쓴대도
제 슬픔을 모두
표현 할수
없을거예요

캘리그라피는 반드시 거창한 도구가 필요한 것이 아닙니다!
일상에서 흔히 사용하는 펜으로도 개성 있는 필체와 배열을 통해
멋진 캘리그라피를 완성할 수 있어요.

A · N · N · E

사과하고 용서를 받으니
마음이 정말 행복하고 편안해요!
오늘 밤은 별들이 유난히 반짝거리는 것 같죠?

별이 될 수 있다면
　　　어떤 별이 되고 싶으세요?

전 저쪽 어두운 언덕 위에 높이 뜬
맑고 아름다운 큰 별이 될래요.

별이
될수
있다면
어떤 별이
되고싶으세요?

강조하고 싶은 글자는 포인트로 개성을 반영해 보세요!
'별'처럼 받침을 강조할 수도 있고, '어'처럼 모음 획을 충분히 늘여
강조할 수도 있이요. 디만, 지나친 포인트 반영으로 문장 전체
구도를 깨뜨리지는 않도록 유의해 주세요!

그럼 설렐 일은 없겠구나.
난 퍼프 소매 따위를 만드는 데 낭비할 옷감은 없으니까.
또 내 눈에는 우스꽝스러워 보이기도 하고 말이야.
난 평범하고 실용적인 소매가 더 낫더구나.

그래도 전 혼자 평범하고 실용적인 것보다
다른 사람들과 똑같이 우스꽝스러워 보이는 게
더 좋아요.

전혼자 평범하고
실용적인 것보다
다른 사람들과 똑같이
우스꽝스러워 보이는게
더 좋아요

한 줄에 들어가는 글자 수가 늘어날수록 글자의 크기와 수평을
유지하기 위헤 더 많은 집중력이 필요합니다!
팔꿈치를 책상에 고정하지 않고 글씨의 진행 방향에 맞게
팔 전체가 함께 이동하며 쓰는 것이 좋습니다.

잘 지내니?

마음은 복잡하지만
몸은 잘 지내요.
감사합니다.

마음은
복잡하지만
몸은 잘지내요
감사합니다

획을 연결하는 것으로도 글자에 개성을 더할 수 있어요.
'ㅁ', 'ㄹ'처럼 자음 획을 연결할 수도 있고, '은', '몸', '내'처럼
자음과 모음을 연결할 수도 있습니다!
다만, 너무 과도한 획 연결은 글자 비율을 무너뜨리고
가독성을 떨어뜨릴 수 있다는 점을 기억해 주세요!

A · N · N · E

영원히 내 친구가 되어 준다고 맹세해 줄래?

"영원히
내친구가
되어준다고
맹세해줄래?

아래로 내려갈수록 점점 넓어지는 가운데 정렬을 반영했어요.
가운데 정렬을 사용할 때는 글자 수를 비슷하게 맞춰 줄을
나누는 것이 좋아요! 글자 수가 너무 차이 나게 되면
좌우 여백을 비슷하게 맞추기 어렵기 때문입니다!

A · N · N · E

아, 마릴라 아주머니,

뭔가를 기대하는 건
그 자체로 즐겁잖아요.

어쩌면 바라던 결과를 얻지 못할 수도 있지만,
그래도 기대할 때의 즐거움은 아무도 못 막을걸요.
린드 아주머니는
'아무것도 기대하지 않는 자 복 받을지어다.
왜냐하면 결코 실망할 일도 없으니'라고
말씀하시지만,
전 실망하는 것보다
아무 기대도 하지 않는 게 더 나쁜 거 같아요.

뭔가를
기대하는건
그자체로
즐겁잖아요

한번쯤 사용해 본 톨톨이 색연필의 거친 필기감도
글씨의 매력을 살려 주는 훌륭한 무기가 될 수 있어요.
'ㄹ' 획 연결은 가장 널리 이용되는 포인트 중 하나입니다.
방향 전환이 많지만, 획이 흔들리지 않도록 속노감 있게
왕복하는 것이 좋아요.

A · N · N · E

Part 3

있는 그데로
아름다운 존재들

내일을 생각하면 기분 좋지 않나요?
내일은 아직 아무 실수도 저지르지 않은 새로운 날이잖아요.

정말 멋진 날이야!
이런 날은 살아 있다는 것만으로도
행복하지 않니?

아직 태어나지 않아서
이런 날을 보지 못하는 사람들이 불쌍해.
물론 그들도 멋진 날들을 보기야 하겠지만
오늘 하루는 영영 볼 수 없잖아.
그리고 학교에 갈 때
이런 아름다운 길이 있다는 건
더 멋진 거 같아, 안 그래?

정말
멋진날이야—!
이런날은
살아있다는
것만으로도
행복하지않니?

지저분하게. 네 방은 온통 밖에서 주워온 것투성이구나.
침실은 잠자는 곳이야.

아, 또 꿈을 꾸는 곳이고요, 아주머니.

방에 예쁜 물건이 많으면
　　　　훨씬 좋은 꿈을 꿀 수 있잖아요.

이 나뭇가지들은 오래된 파란 항아리에 꽂아서
탁자 위에 둘 거예요.

방에
예쁜 물건이
많으면
훨씬 좋은 꿈을
꿀 수 있잖아요

예쁜 물건이 많으면 훨씬 좋은 꿈을 꾸고,
예쁜 펜과 종이가 있으면 글씨도 훨씬 예쁘게 써질 것만 같아요.

몰랐어. 좋아한다고는 물론 생각했지만

나를 사랑할 줄은 꿈에도 몰랐어.

어머, 다이애나,

누군가가 나를 사랑할 거란 생각은 한 번도 안 해봤어.

내 기억 속엔 누가 나를 사랑한 적이 없었거든.

아, 정말 멋져!

이건 네가 없는 깜깜한 길을
영원히 비춰 줄 한 줄기 빛이야.

다이애나. 아, 한 번 더 말해 줄래?

이건 네가 없는
캄캄한 길을
영원히
비춰줄
한줄기 빛이야

누군가 나를 사랑해 준다는 것은 어떤 기분일까요?
'빛'이라는 글자를 좀 더 강조해 써 보았어요

어른이 된다는 건
　　　　틀림없이 근사한 일일 거예요.

어른처럼 대접받았을 뿐인데
이렇게 기분이 좋은 걸 보면 말이에요.

어른이 되다는 건
틀림없이
근사한
일일거예요

어른이 된다는 건 안정감 있게 균형을 잡아가는 거 아닐까요?
전체적으로 안정감이 잡혀 보이는 구도로 글씨를 써 보았어요.

A · N · N · E

아, 하지만 그건 그럴 수밖에 없어서 그런 거예요.

머릿속에 뭔가 신나는 일이 번쩍 떠오르면
입 밖으로 꺼내야 해요.

생각을 하다 말면 그 신나는 일을 망쳐 버리거든요.
아주머니는 그런 적 없으세요?

머릿속에 뭔가
신나는 일이
번쩍 떠오르면
입 밖으로
꺼내야 해요

마지막 글자 '요'의 모음을 길게 뻗어
앤의 굳센 믿음을 표현해 봤어요.

아주머니,

내일을 생각하면 기분 좋지 않나요?
내일은 아직 아무 실수도 저지르지 않은
새로운 날이잖아요.

내일을 생각하면
기분좋지않나요?
내일은 아직
아무실수도
저지르지않은
새로운 날이잖아요

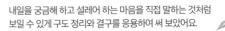
내일을 궁금해 하고 설레어 하는 마음을 직접 말하는 것처럼
보일 수 있게 구도 정리와 결구를 응용하여 써 보았어요.

A · N · N · E

와, 아주머니,

오늘은 누구를 만나든
전부 다 사랑할 수 있을 거 같아요.

제 기분이 얼마나 좋은지 모르실 거예요!
계속 이런 기분이라면 참 멋지지 않을까요?

오늘은
누구를만나든
전부다—
사랑할수
있을것같아요

누군가를 사랑한다는 건 정말 설레는 일이죠.
그 마음이 잘 전달될 수 있게 제노붓펜으로 표현해 보았습니다.

A · N · N · E

허수아비 같다는 말을 듣기가 힘들어서
저도 뭐라고 대꾸해 주고 싶었지만 하지 않았어요.
그냥 무시하는 얼굴로 한 번 쳐다보았을 뿐,
그 애를 용서했어요.

누군가를 용서하면
제가 굉장히 좋은 사람이 된 것처럼 느껴져요.

이제부터는 착한 사람이 되도록 힘껏 노력할 거예요.

누군가를 용서하면
제가 굉장히
좋은 사람이
된 것처럼
느껴져요

ㅎ, ㅊ의 획들을 통일감 있게 쓰면
더 안정돼신 느낌을 줄 수 있어요
띄어쓰기는 될 수 있으면 조금만 하고
대신 조사들을 작게 쓰면 읽기가 쉬워 보여요

A · N · N · E

음, 오늘 소중한 교훈을 새로 배웠어요.
초록 지붕 집에 온 뒤로 실수를 많이 저질렀지만,

실수 하나하나가 큰 단점을 고치는 데
도움이 됐거든요.

실수 하나하나가
큰 단점을 고치는데
도움이 됐거든요

앤이 자신이 배운 교훈을 다른 이에게 전하는
뿌듯한 마음을 결구에 유의하여 써 보았어요.

A · N · N · E

앞으로 그런 책을 읽지 않겠다고 약속하는 건
아무렇지도 않았지만,
그 책을 결말도 모른 채 돌려줘야 한다니 갈등이 됐어요.
하지만 전 스테이시 선생님을 사랑하기 때문에
시련을 이기고 책을 돌려줬어요.

어떤 사람을 진심으로 기쁘게 하려고
뭔가를 한다는 건
정말 멋진 일 같아요, 아주머니.

어떤사람을
진심으로
기쁘게하려고
무언가를 한다는건
정말
멋진일같아요

A · N · N · E

Part 4

진정한 행복은
내 안에 있어

모퉁이를 돌면 뭐가 있을지 모르지만,
전 가장 좋은 게 있다고 믿을래요.

전 훌륭히 잘 클 수 있을 거예요.
만약 그렇게 안 된다면
그건 틀림없이 제 탓이겠죠.
기회는 단 한 번뿐이니
책임감도 막중한 거 같아요.

좋은 어른이 되지 못했다고
처음으로 돌아가서
다시 시작할 수는 없잖아요.

좋은 어른이
되지못했다고
처음으로돌아가서
다시시작할수는
없잖아요

ㅎ, ㅊ의 획들을 통일감 있게 쓰면
더 안정적인 느낌을 줄 수 있어요.
띄어쓰기는 될 수 있으면 조금만 하고
대신 조사들을 작게 쓰면 읽기가 쉬워 보여요.

잘 모르겠어요. 별로 말을 하고 싶지 않아요.

예쁘고 소중한 생각들은
보석처럼 마음속에 담아두는 게 더 좋아요.

그런 생각들이 비웃음을 당하거나
호기심의 대상이 되는 게 싫거든요.
그리고 왠지 거창한 표현도 더는 쓰고 싶지 않아요.
아쉽기는 해요.
이젠 그런 말을 하고 싶으면 해도 될 만큼 컸는데 말이에요.

예쁘고 소중한
생각들은 보석처럼
마음속에 담아두는게
더 좋아요 ☺

쌍비읍처럼 쌍으로 겹치는 자음은 나란히 쓰는 것보다
리듬감 있게 위치를 위아래 또는 크기를 조금씩
다르게 쓰면 재미있게 표현할 수 있어요.

아, 다이애나,
기하학 시험만 얼른 끝나면 더 바랄 게 없겠어!
하지만 린드 아주머니 말씀처럼
내가 기하학 시험을 망치든 말든
태양은 여전히 떠오르고 또 질 테지.
맞는 말이지만 별로 위로는 되지 않아.

내가 시험을 망치면
태양도 멈춰 버렸으면 좋겠어!

– 온 마음으로 너를 사랑하는 앤

내가
시험을 망치면
태양도
멈춰버렸으면
좋겠어

글의 내용에 따라 어떤 느낌으로 표현할지를 생각하면
내용 전달이 더 쉬워져요. 예를 들어 긍정적인 느낌,
부정적인 느낌, 이런 식으로요.

A · N · N · E

글쎄.

난 내가 아닌
다른 사람이 되고 싶지 않아.

평생 다이아몬드로 위로받지 못한다 해도 말이야.
나는 진주 목걸이를 한 초록 지붕 집의 앤에 아주 만족해.
매슈 아저씨가 이 목걸이에 담아 주신 사랑이
분홍 드레스 아주머니의 보석 못지않다는 걸 아니까.

난

내가아닌

다른사람이

되고싶지않아

문장을 쓸 때 정렬 방식을 다양하게 하면
재미있는 캘리그라피를 쓸 수 있어요.
오른쪽 정렬, 왼쪽, 가운데 정렬 등
이번 작업은 가운데 정렬을 했어요.
'난'에 포인트를 주기 위해 조금 크게 쓰고
귀여운 느낌을 주기 위해 점도 3개 찍었어요.

A · N · N · E

아주머니! 전 조금도 변하지 않았어요. 정말이에요.
그저 불필요한 가지를 치고 새 가지를 뻗었을 뿐이에요.

진짜 제 모습은,
제 안의 저는 똑같아요.
제가 어디를 가든, 겉모습이 어떻게 바뀌든
그것은 전혀 중요하지 않아요.

마음속에는 언제나 아주머니의 어린 앤이 있어요.
평생토록 마릴라 아주머니와 매슈 아저씨와
초록 지붕 집을 날마다 더 사랑할 앤이에요.

진짜
제모습은, 제안의
저는 똑같아요.
제가 어디를 가든,
겉모습이 어떻게
바뀌든 그것은
전혀 중요하지
않아요

이 캘리그라피를 작업하면서 'ㅣ', 'ㅏ', 'ㅓ' 등 모음 모양들의
부드러운 곡선을 통일감 있게 표현하려고 노력했어요.

A · N · N · E

아, 야망을 갖는 건 정말 즐거운 일이야.

난 야망이 많아서 참 다행이야.
야망이란 결코 끝이 없는 것 같아.
그게 제일 좋은 점이지.
하나를 이루면 또 다른 꿈이 더 높은 데서
반짝반짝 빛나고 있으니까.

덕분에 인생이 이처럼 재미있잖아.

야망을갖는건
정말
즐거운일이야
더분에
인생이이처럼
재미있잖아

모음들의 방향을 통일하면 안정감이 있지만
귀여운 느낌의 캘리그라피를 표현할 때는 모음의 방향을
이쪽저쪽으로 리듬감 있게 써 주면 더 재미있게 표현할 수 있어요.

에이버리 장학금은 그다지 중요하지 않은 거 같아.
난 최선을 다했고, '경쟁하는 기쁨'이 뭔지
이제 막 이해하기 시작했거든.

노력해서 이기는 것 못지않게,
노력했지만 실패하는 것도 중요한 일이야.

노력해서
이기는것 못지 않게
노력했지만
실패하는것도
중요한 일이야

모음들의 두께를 재미있게 표현하기 위해
한 획을 긋는 대신 직사각형의 모양들로 표현해 보았어요.
어느 모음은 가운데가 비어 있고 어느 부분은 채워져 있어요.

A · N · N · E

스텔라 메이너드는
딱 한 사람 다음으로
세상에서 가장 소중한 친구야.
그 한 사람은 바로 너야, 다이애나.
난 예전보다 더 널 사랑해.
네게 할 얘기가 정말 많아.

하지만 지금은 여기 앉아서
널 보고 있는 것만으로도 행복해.

지금여기
앉아서널보고
있는것만으로도
행복해

써야 할 문장이 주어지면 제일 먼저 핵심 단어,
내가 강조하고 싶은 단어를 찾아 포인트를 주어 작업해 보세요.
글씨의 크기를 조절해 준다든지 두께를 다르게
표현하면서 강조할 수 있어요.

아, 그냥 울게 해 주세요, 아주머니.

우는 게 가슴 아픈 거보다 나아요.

잠시만 제 곁에서 절 안아 주세요.
다이애나와 함께 있을 순 없었어요.
다이애나는 착하고 다정다감한 친구지만……
이건 그 애의 슬픔이 아닌걸요.
다이애나는 슬픔 속에 있지 않으니까
내 마음을 온전히 이해하고 도와줄 수 없잖아요.
이건 아주머니와 저, 우리 두 사람의 슬픔이에요.
아, 아주머니, 아시씨 없이 어떻게 살죠?

웃는게
가슴아픈
거보다
나아요

캘리그라피는 덩어리 감을 주는 게 중요해요.
획들이 서로 부딪치지 않게 퍼즐 맞추듯이
끼워 맞춰 쓰면 덩어리 감을 잘 살릴 수 있어요.

전 지금 어느 때보다도 포부에 넘치는걸요.
단지 그 대상을 바꿨을 뿐이에요.
전 좋은 선생님이 될 거예요.
아주머니의 시력도 지켜드릴 거고요.
게다가 집에서 공부하면서
제 힘으로 대학 과정도 조금씩 익힐 거고요.
와, 계획이 정말 많아요, 아주머니.
일주일 동안 이 생각만 했어요.

어기서 최선을 다해 실면
그에 따른 대가가 주어지리라 믿어요.

최선을
다해살면
그에따른
대가가
주어지리라
믿어요

기울기를 주어 캘리그라피를 쓰면 또 다른 느낌을
표현할 수 있어요. 기울기 주기가 어려우면
가이드라인을 그려놓고 하면 훨씬 쉬워요.

그런데 걷다 보니 길모퉁이에 이르렀어요.
모퉁이를 돌면 뭐가 있을지 모르지만,
전 가장 좋은 게 있다고 믿을래요.

실노붕이에도 나름의 매력이 있어요, 아주머니.
모퉁이 너머 길이 어디로 향하는지 궁금하거든요.
어떤 초록빛 영광과 다채로운 빛과 그림자가 기다릴지,
어떤 새로운 풍경이 펼쳐질지,
어떤 새로운 아름다움과 마주칠지,
어떤 굽잇길과 언덕과 계곡들이 나타날지 말이에요.

걷다보니 길모퉁이에
이르렀어요. 모퉁이를 돌면
뭐가 있을지 모르지만
전 가장 좋은게 있다고
믿을래요

간단한 일러스트나 손그림을 넣을 때는 캘리그라피
레이아웃의 균형을 보고 허전한 부분에 넣으면
완성도를 더 높일 수 있어요.

지은이

방은조(은조캘리)   매력 있는 손글씨를 쓰는 캘리그라피 작가.
⊙ 인스타그램 @bangeunjo / www.eunjo.me

박민욱(필림)   취미로 시작한 글씨 연습으로 무료한 일상이 뒤바뀐 평범한 직장인.
SNS를 통해 수많은 사람들에게 손글씨의 따뜻함을 전하고 있으며,
저서로는 《라인프렌즈 손글씨 클래스》,《라인프렌즈 초등학생 바른 글씨 수업》이 있다.
⊙ 인스타그램 @feellim

조은(오키캘리)   말로 표현하지 못하는 마음들을 글씨로 전하고 싶은 캘리그라퍼.
Online Calligraphy Crew 'CUBE' 회장으로 활동 중이다.
⊙ 인스타그램 @oh_key_calli

김선숙(그린나래)   캘리그라피로 소소한 행복을 전하는 작가.
캘리그라피 기업특강과 남양주에서 그린나래공방을 운영 중이다.
모나미 《모나그라피》 출간에 참여했다.
⊙ 인스타그램 @greennarae_calli

빨강 머리 앤의 말, 캘리그라피로 쓰다

초판 1쇄 펴낸 날   2024년 11월 29일

지은이   방은조, 박민욱, 조은, 김선숙
펴낸이   장영재
펴낸곳   더모던
전화   02-3141-4421
팩스   0505-333-4428
등록   2012년 3월 16일(제313-2012-81호)
주소   서울시 마포구 성미산로32길 12, 2층 (우 03983)
전자우편   sanhonjinju@naver.com
카페   cafe.naver.com/mirbookcompany
SNS   instagram.com/mirbooks

ISBN 979-11-94280-84-2   13810

파본은 책을 구입하신 서점에서 교환해 드립니다.
책값은 뒤표지에 있습니다.